10861.

B. L.

Cat. Demgen. 1757.

LE

IVGEMENT

DE NOSTRE-SEIGNEVR

IESVS-CHRIST,

EN FAVEVR DE MARIE
Magdelaine, contre sa sœur
Marthe.

A PARIS,

Chez MATTHIEV GVILLEMOT, ruë
Sainct Iacques, au coin de la ruë de la
Parcheminerie, à la Bibliotheque.

M. DC. LI.

A TRES-HAVTE, ET TRES-
ILLVSTRE DAME
CHARLOTTE
DE GRANDMONT,
ABBAISSE DE S. OZONY.

MADAME,

 La cognoiſſance que i'ay depuis
longues années, tant des rares Vertus que
vous poſſedez en la ſolide pieté & ſainĉteté do
vie, que de l'excellence de voſtre bon eſprit,
qui paſſe pour vn des meilleurs de ceux de voſtre ſexe. I'ay creu que voſtre bonté n'auroit
pas deſagreable que ie me donnaſſe l'honneur
de luy preſenter vn petit liuret intitulé, Le
iugement de Noſtre-Seigneur, en faueur des
deux ſœurs Marie, & Marthe, que vous auez
approuué auant l'impreſſion. Ce qui ma don-

         * ij

né la hardieſſe de vous le dedier, auec toutes
les ſoûmiſſions & reſpects que ie dois à voſtre
grandeur & reuerence; Ioinct que les ſuiets
dont il traicte, eſt propre à voſtre Pieté, en la
dignité où vous eſtes en la maiſon de Dieu. Et
parce que, MADAME, on partage en
deux degrez de Vertus. La vie contemplatiue, & la vie actiue, Toutesfois c'eſt la plus cô-
mune opinion, que ceux qui poſſedent l'vne &
l'autre, ont atteint la perfection, à l'imitation
de la Mere de Dieu, que l'Eſcriture nous ap-
prend auoir parfaitement pratiquée l'vne &
l'autre enſemble, priant & trauaillant : comme
la ſaincte Egliſe en fait l'heureuſe memoire
aux Feſtes qui luy ſont affectées : dont l'E-
uangile pour abbreger toutes les merueilles
de ſa ſaincte vie, ſe contente de faire le recit de
ce qui ſe paſſa en la viſite que fit Ieſus-Chriſt
chez Marie Magdelaine, & Marthe. C'eſt aſſez, MADAME, pour ſçauoir que ce Mix-
te eſt tres-agreable aux yeux de Dieu, lors &
principalement que c'eſt vne occupation ſain-
te; comme ceux qui ſont appellez, comme
vous y eſtes, MADAME, à la conduite des
ames au chemin du Ciel; c'eſt voſtre digne
employ, & dont vous vous acquittez auſſi pru-
demment que ſainctement. Il ſeroit à ſouhai-
ter que les chefs des ſainctes Communautez

fussent d'vn sang Illustre, pour ioindre à la grandeur de leur naissance l'humilité qu'ils peuuent pratiquer auec beaucoup plus de feruenr & de zele que les autres, par les grandes actions au seruice de Dieu : encore bien que Sainct Augustin mette de la difficulté, de ioindre l'humilité à la grandeur ; & par consequent la mortification. Il parle de ceux qui sont encores exposez en ceste Mer du monde, & non pas à ceux qui sont au port côme vous, MADAME, suppliant nostre Createur augmenter tousiours ses sainctes graces enuers vous.

Vostre tres-humble, & tres-obeïssant seruiteur.
DE SAINTE COLOMBE.

LE IVGEMENT DE NOSTRE-
Seigneur Iesus-Christ, en faueur de Marie Magdelaine, contre sa sœur Marthe.

DIALOGVE INTERLOCVTOIRE.

Iesus Iuge.
Lazare Conseiller.
Marthe accusatrice.
Marie Magdelaine accusée.

Iesus.

LAzare il faut vuider vne sainte querele
Où nous voyons le zele armé contre le zele,
Et qui par vn effort animé de douceur
Irrite innocemment la sœur contre la sœur.
Dés que ie suis venu Marthe s'est empressée
I'ay veu dans vn moment sa maison renuersée,
Et son sainct embarras n'a d'abord rien obmis
Qui me peût faire voir que ie suis des amis.

A

Magdelaine au rebours, prenant vne autre voye,
Pour me monstrer aussi son amoureuse ioye,
Depuis mon arriuée au lieu de s'émouuoir
Elle n'a non plus fait que moüyr & me voir.

Sa sœur la regardant à mes pieds immobile
Se fache de la voir, s'il luy semble immobile,
Iusqu'à me quereler de ne prendre pas soing
De faire que sa sœur, la secoure au besoing.

Lazare il faut iuger quelle est la mieux fondée,
Si l'vne auec raison demande d'estre aydée :
Et si l'autre attentiue au sens de mes discours,
Peut auecque raison refuser son secours ?

Quelle des deux enfin a la meilleure cause
Ou celle qui trauaille, ou celle qui repose.

Lazare.

Seigneur ie recognoist que mon propre interest
Fait que ie suis moins propre à donner vn Arrest
Entre les deux partis qui traitent ceste affaire :
Dont ie suis à la fois mauuais iuge, & bon frere.

Iesus.

Et c'est ceste raison qui vous doit obliger
A prendre entre vos sœurs le soing de les iuger,
Puisque vous receuez de l'amour fraternele
Le desir & le droict d'appaiser leur querele.

Lazare.

Mais moy n'estant qu'vn cœur auecque mes deux
sœurs

L'intereſt de mon cœur eſt l'intereſt des leurs :
Leur eſtant donc vny par des nœuds ſi fidelles
D'ailleurs, deuant iuger contre quelqu'vne d'elles :
Ie ne puis éuiter par vne douce Loy
Que ie ne ſois contrainct de iuger contre moy.

Ieſus.

De vous & de vos ſœurs la cauſe eſtant commune,
Et vous deuant auſſi prononcer pour quelqu'vne,
Vous voyez clairemẽt que par l'vn des deux bouts
Vous eſtes aſſeuré de prononcer pour vous :
L'intereſt de vos ſœurs eſtant auſſi le voſtre,
Vous gaignerez touſiours, ou dans l'vn ou dans
    l'autre,
Et de quelque coſté que tombe le ſuccez
Vous ne ſçauriez faillir de gaigner le Procez ?

Lazare.

Souffrez vn peu Seigneur, ma raiſon inſenſée
Qui pourſuit deuant vous ſa profane penſée :
Diſant que ce procez me laiſſe en ce ſoucy
Que le deuant gaigner, ie le dois perdre auſſi,
Et de quelque coſté que le ſuccez ſe tienne
La perte du procez ne peut eſtre que mienne.

Ieſus.

Voſtre diſcours, Lazare, eſt vn diſcours en vain :
Car ſi vous receuez de la perte & du gain,
La perte ſans raiſon vous donne de la crainte
Puis que dedans le gain elle doit eſtre eſteinte :

Lazare il faut iuger, & l'vne & l'autre sœur,
Sinon en President, au moins en accesseur?

Lazare.

Seigneur, pour accomplir vos volontez supremes
Ie suis prest à iuger, & mes sœurs, & moy-mesme:
Et iugeant auec vous, qui iugez sans deffaut,
Ie suis tres-asseuré de iuger comme il faut.

Iesus.

Il faut donc prester l'oreille aux deux parties
Conferrons leurs raisons auec leur reparties:
Et voyons sans souffrir de bandeau sur nos yeux,
Quelle des deux attaque, ou se deffend le mieux:
Marthe vous auez droict de parler la premiere.
Parlez?

Marthe.

Oyez, Seigneur, ma tres-humble priere!
Par où tout mon discours prend son commencement
Et qu'il doit supposer comme pour fondement,
Que vostre Majesté, dont la vie est si saincte
D'vn seul de ses regards daigne honorer ma plainte:
Elle verra qu'vn zele, & non pas vn aigreur
A fait par vn organe vn reproche à ma sœur;
Ce n'est pas le motif d'vne ialouse enuie
De la voir attentiue aux paroles de vie,
De la voir embrazée aux flammes de vos yeux,
De la voir sur la terre, en la gloire des Cieux!
Non Seigneur nul motif, que le motif du zele

N'a tiré de mon cœur des reproches contre-elle:
Mon Dieu, ie vous adore auec tant d'ardeur
Que voyant en ce lieu voſtre auguſte grandeur,
Ie voudrois qu'à la fois, & le Ciel & la Terre
Et tous les habitans que l'vn & l'autre enſerre,
Accouruſſent en foulle auec empreſſ·ment
Pour m'ayder à vous faire vn meilleur traitement:
Et ſi contre ma ſœur ie demande iuſtice
C'eſt que me voyant ſeule à vous faire ſeruice,
Et ne pouuant fournir à cét illuſtre employ
De traitter dignement le Fils de Dieu chez-moy:
Croyant à mon deſordre apporter du remede
I'ay voulu que ma ſœur accouruſt à mon ayde:
Mais pourquoy, mon Seigneur, vous dis-je mon
        deſſein
Puiſque vous le voyez dans le fond de mon ſein?
Et qu'auprés de vos yeux, & ſans leur belle flamme
Ie n'ay iamais de corps au deuant de mon ame!
Pour mon empreſſement i'oſe bien me fier
Qu'il n'eſt pas malaizé de le iuſtifier:
Et ie croy qu'il me reſte gloire immertelle
D'auoir fait à ma ſœur vne leçon de zele;
En effect quel deuoir vous a t'elle rendu
De faire auec deſordre vn eſlans éperdu,
Et penſans faire aſſez, en faiſant la rauie?
C'eſt au lieu de ſeruir, vouloir eſtre ſeruie?
C'eſt vn ſigne éuident d'vn amour imparfait
De ne former iamais que des vœux ſans effect:

                                    A iij

C'eſt auoir dans le ſein vne flamme vulgaire
De s'amuſer touſiours à deſirer, ſans faire.
Au lieu que c'eſt le ſceau de l'amour abſolu
D'auoir touſiours pluſtoſt accomply que voulu;
C'eſt eſtre auprés de vous vne amante d'Argile
De ſçauoir ſeulement demeurer immobile :
C'eſt aymer en ſtatuë, & faire mal le bien
Que de vouloir ſeruir, à ne ſeruir de rien,
Et de s'imaginer d'eſtre bien amoureuſe
Quand on ſçait bien tenir la poſture d'oiſeuſe ?
Non ie ne puis ſouffrir cét amour hebeté
Qui met toute ſa gloire à l'inutilité.
Que ſi l'amour parfait prend plaiſir dans la peine,
Quel amour eſt celuy de ma ſœur Magdelaine ?
Puis qu'à voſtre arriuée elle a voulu choiſir
De n'auoir pas la peine, & d'auoir le plaiſir :
Bien loing de vous offrir le fruict de ſes ſeruices
Elle a voulu gouſter celuy de vos delices ;
Et dans ce ſentiment de ſon bien trop ialoux
Elle a beaucoup plus fait pour elle que pour vous.
Feignant de s'oublier en ſon bon-heur extreme
Elle n'a toutesfois oublié que vous meſme :
Et par vn grand deſordre, elle a pris plus de ſoing
De ſon agréement que de voſtre beſoin ;
Mais ſi pour l'imiter dans ſon paiſible zele
Ie me fuſſe obſtinée à faire auſſi comme elle,
Si tombant auec elle, & m'arreſtant auprés de vos
   ſacrez genoux,

Ie me fuſſe endormie en vn repos ſi doux!
Si contente de voir, & d'oüyr vos merueilles
I'euſſe ſeulement eu des yeux & des oreilles,
Et pendant ces tranſports inutilement ſaincts
Mon zele à vous ſeruir n'euſt eu ny pieds ny mains;
Noſtre indeuotion, en effet indeuote
Vous eut eu pour Docteur, ſãs vous auoir pour hoſte:
Et meſme en vous ayant, on ne vous euſt point eu,
Car qui vous euſt ſeruy, desalteré, repeu?
Noſtre mauuais extaſe apparemment ſi bonne
Eut-elle delaiſſé voſtre ſaincte perſonne?
Et ces oiſeux tranſports, ces gouſts hors de ſaiſon
N'euſſent-ils pas bien fait l'honneur de la maiſon,
O Dieu! pour vous ſeruir faut-il eſtre inutile!
Et pour vous adorer faut-il eſtre inciuile?
Il eſt bien vray, Seigneur, que ie n'ignore pas
Que vous pouuiez ſans nous appreſter vn repas:
Que vous pouuiez ouurir des routes incognuës
Pour le faire pleuuoir du riche ſein des nuës,
Et que voſtre main meſme, ou qu'vn Ange pour
    vous
L'euſt inuiſiblemens appreſté mieux que nous:
Nous ſçauõs bien auſſi que vous pouuez ſouſtraire
A la faim, à la ſoif, à l'orage ordinaire,
De tant de maux diuers dont le ſiecle eſt battu,
La ſaincte humanité dont vous eſtes veſtu;
Mais puiſque vous voulez eſtre ce que nous ſommes
Que vous vous engagez dans le beſoin des hommes,

Que vous nous prescriuez l'ordre qu'il faut tenir
Pour sçauoir sans erreur comme il y faut fournir?
Pourquoy faut-il heurter la conduitte profonde
Des venerables Loix que vous donnez au monde?
Pourquoy faut-il tenter vostre diuine main
Osant luy demander des miracles en vain;
Ce n'est pas, Monseigneur, que ie veille pretendre
De passer au delà du soing de me deffendre:
Ie n'ay pas dans mon zele vne injuste chaleur
De me iustifier en accusant ma sœur:
Ie ne mets pas ma grace à la voix criminelle
Ny ne sens pas du blâme en le iettant sur elle?
Ie ne veux pas son mal pour en faire mon bien;
Mais ie deffends mon droict sans attaquer le sien.
Croyez-le, s'il vous plaist, ô iuge debonnaire!
Tout mon cœur vous en fait vne instante priere,
Et dans le doux espoir de se voir exaucé,
Il finist son discours comme il a commencé.

Iesus.

Que dirons nous de Marthe apres ceste harangue?

Lazare.

Qu'ayant eu bonne main, elle a meilleure langue:
Sa main ayant bien sçeu seruir son souuerain
Sa langue deffend bien la cause de sa main.

Iesus.

Il semble à vous oüyr qu'elle a gaigné sa cause,
Le croyez-vous ainsi?

Lazare.

Ie ne croy qu'vne chose,
C'est, Seigneur, qu'elle iöüe à ne point s'épargner
De faire son deuoir afin de la gaigner :
Nous verrons si Marie a des raisons pareilles.

Iesus.

Gardons chacun pour elle vne de nos oreilles :
Deffendez-vous Marie.

Marie.

Il est bien malaisé
De deffendre, Seigneur, vn mal bien accasé ;
Et si quelqu'vn s'accuse, il se ioinct à ce cœur
Et le veut secourir à s'appeller pecheur ;
Vous sçauez bien, Seigneur, que ie suis pecheresse
Que ie merite bien que mon cœur me delaisse :
Et qu'à persecuter le mal que i'ay commis
Il soit le plus ardent de tous mes ennemis,
Il est vray qu'en ce poinct dont ie suis accusée
De m'estre vainement à vos pieds amusée :
Et d'auoir peruerty le reste du deuoir
Pour auoir moins aymé vous seruir que vous voir.
Quoy que de tout remords mon ame soit exempte
Ie n'ose pas pourtant m'estimer innocente ?
Mon cœur est si perdu qu'il ne peut s'empescher
De pécher, mesme alors qu'il ne veut pas pecher.
Ie m'abandonne au mal encore qu'il me déplaise,
Et mesme dans le bien Magdelaine est mauuaise ;

Mon Dieu ie n'ay plus rien à dire en ma faueur,
Si ce n'est que mon crime est vn crime d'orreur !
Si ie vous ay dépleu, c'est en voulant vous plaire,
Et si i'ay fait du mal, c'est sans le vouloir faire :
Quoy que ie croye enfin que ie n'ay pas peché
Ou du moins qu'à mes yeux mon crime soit caché :
Cognoissant ma sœur libre, & d'enuie & de ruse
Ie crains d'auoir peché, parce qu'elle m'accuse.
Ie pense auoir fait mal, & pense auoir bien fait :
Ie regarde mon cœur, & ne sçait ce qu'il est :
Ie ne sçay, Monseigneur, que croire de mon ame
Ie ne puis la blasmer, ny l'exempter du blasme :
Ie ne puis l'accuser, ny l'excuser aussi,
Ie ne puis, ô bon Dieu que vous crier mercy !

Elle se met à genoux.

Et vous renouueller mes douleurs legitimes
En vous renouuellant les discours de mes crimes,
Quoyque mes vieux deffauts m'ayët esté pardonnez
Que mesme ils ayent esté de grace couronnez :
Et quoy que vostre main dont ie baise l'albastre

Elle luy baise la main.

Ait tousiours mieux aymé me benir que me battre :
Ie ne puis appaiser l'agreable soucy
De consommer ma vie à vous crier mercy !
Me voicy donc, Seigneur, en mon humble posture ?
Voicy qu'à vos genoux mon ame vous coniure
De faire encore grace à mes pechez passez,

Et

Et d'effacer encore mes crimes effacez;
Me voicy pour iamais à vos pieds prosternée
Si d'vn nouueau pardon ie ne suis pardonnée.

Elle met la face en terre.

Ie suis opiniastrée à rouller mes appas
Dans la saincte poussiere où s'impriment vos pas.

Iesus la releue vn peu; elle demeure pourtant à genoux.

Iesus.

Leuez-vous, Magdelaine!

Magdelaine.

O Sauueur adorable!
Pourquoy compatissant à ceste miserable?
Dans son soulagement prenez vous interest,
Laissez, laissez la fondre & perir de regret.
Sacrilèges cheueux, traistre lien des ames
Beaux & funestes yeux, vaines sources de flames;
Bouche de vermillon aussi vif que mortel:
Sein de neige éleué en amoureux Autel!
Beautez, graces, appas, delicatesses, charmes
Aux pieds de mon Sauueur venez rendre les armes.
Vieux crimes protestez d'vn sentiment nouueau
Que ce qui luy déplaist ne sçauroit estre beau;
Mes yeux sur ces beaux pieds se distillent en
    pluye
L'orgueil de mes cheueux, de son or les essuye:

B

Et ma bouche où l'amour a droict de tout ofer,
Aſpire innocemment au bien de le baiser.

Elle luy baiſe les pieds.

I'offre aux pieds de mon Dieu toutes mes belles
    choſes,
Ie ſeme ſous ces pas mes oïllets & mes roſes :
Et i'auray du bon-heur quand i'auray merité
Que Ieſus foule aux pieds toute ma vanité.
A part monde prophane, à part monde idolâtre
Ces trompeuſes beautez d'vn phantoſme d'albaſtre?
Ie te rend tous les cœurs que tu m'auois offerts
Ie te rends les Captifs que i'auois dans mes fers.
Magdelaine renonce à toutes ces conqueſtes
Sans autre déplaiſir que de les auoir faites :
Ie quitte tout enſemble, & les maux & les biens,
Et toy monde peruers ié briſe tes liens?
Que ta bouche à iamais ne s'vniſſe à la mienne,
Que ſans tes faux appuis mon amour ſe ſouſtienne?
Qu'entre mon cœur abſous & ton cœur criminel,
Le cœur de Ieſus mette vn diuorce eternel.
Et vous diuin autheur du repos de ma vie
Cher object des plaiſirs de mon ame rauie :
O mon vnique bien gueriſſez tous mes maux!
Qu'vn ſainct excez de grace inonde mes deffauts,
Et qu'en moy voſtre amour parroiſſant ſouueraine,
Ait encore pitié de voſtre Magdelaine!
Ie reconnois, Seigneur, auoir beaucoup failly
De ne vous auoir pas comme il faut accueilly;

Mais qu'encore vne fois voſtre amour me pardonne
Si i'ay ſi mal ſeruy voſtre ſainĉte perſonne :
Si ie vous ay traiĉté comme vn hoſte incogneu,
Si i'ay preſque ignoré que vous fuſſiez venu :
Si meſme à faire vn pas pour voſtre bien venuë
Ma negligente humeur ne s'eſt iamais émeuë.
Pardonnez-moy l'ennuy que ma mauuaiſe humeur
A fait naiſtre aujourd'huy dans l'eſprit de ma ſœur.
Ie n'ay point ſoulagé ſa ferueur accablée
Mon iniuſte repos l'a iuſtement troublée ?
C'eſt moy qui trahiſſant la grace & la raiſon,
Ay ietté le deſordre en toute la maiſon.
C'eſt moy qui pour joüyr d'vne paix indiſcrette,
Ay renuerſé la paix de ceſte ſainĉte Feſte :
Ie le cognois, Seigneur, & ie le recognois,
Et ne puis que vous dire helas ! pardonnez-moy ?
Helas !

Ieſus.

Encor vn coup leuez-vous Magdelaine !

Magdelaine.

Mais pourquoy daignez-vous prendre garde à ma
    peine,
Permettez :

Ieſus.

Leuez-vous, ie l'ay dit tant de fois ?

Magdelaine.

Ie me leue, Seigneur, pour ſuiure voſtre voix !

Iesus.

Proposez vostre aduis, Lazare, en ceste cause?

Lazare.

Puis qu'il vous plaist ainsi, Seigneur, ie la propose,
Si mon aduis a lieu, ce procez est vuidé,
Puis que la criminelle a son crime accordé:
Si Marie alleguoit vn mot en sa deffence
La Iustice pourroit la mettre en sa balance,
Pour voir s'il peut seruir dans la rigueur des Loix
Au discours de sa sœur d'vn iuste contrepoids;
Mais puis qu'à sa deffence, elle-mesme est muette
Quelle n'excuse point la faute qu'elle a faite,
Qu'elle se recognoist digne de chastiment
Que sa bouche contre-elle a porté iugement:
Qu'elle s'est condamnée, & non pas deffenduë,
Marthe a gaigné sa cause, & sa sœur la perduë.

Iesus.

Que sera-il donc dit, Lazare?

Lazare.

S'il vous plaist,
Seigneur, il sera dit que Marie a mal fait
D'auoir esté si lasche à vous faire seruice
Que sa faute merite vn rigoureux supplice:
Et que l'amour de Marthe à vous plaire empressé
Estant declaré sainct; sera recompensé.

Iesus.

Mais quoy n'ordonner point que ceste pecheresse

Dont l'humeur negligente, & l'ingratte paresse :
A mon diuin courroux iustement irrité
Receura sur le champ ce qu'elle a merité,
Cét article important manque à vostre sentence.

Lazare.

Seigneur puisque Marie est dans la repentance,
Mon aduis est aussi que vostre maiesté
Luy peut bien relâcher ce qu'elle a merité :
La cause ayant esté par vous examinée,
Et l'ayant par Iustice à la mort condamnée
Apres auoir donné l'Arrest de son trepas
Vous pouuez par faueur ne l'executer pas ;
Mais helas ! où m'emporte vn zele illegitime ?
Ie deuiens criminel en condamnant mon crime :
Et poussant mes aduis plus auant qu'il ne faut
Ie punis vn deffaut par vn autre deffaut !
Qui suis-ie pour marquer dedans vostre iustice
Les bornes de la grace & celles du supplice ?
Que fais-ie pour prescrire au maistre que ie sers
L'ordre de ménager la couronne & les fers ?
Ayez pitié, Seigneur, de ma profane audace
Aussi bien que mes sœurs, ie vous demande grace :
D'aignez en estendant vostre pitié sur nous
Ne faire à nul iustice, & faire grace à tous.

Iesus.

O maison bien-aymée ! ô famille cherie !
Mon Lazare, ma Marthe, & ma bonne Marie,

Saincte communauté que i'ay voulu choisir
Pour le plus doux object de mon diuin plaisir :
Vous aurez aujourd'huy donné la nourriture,
Pour en auoir reuanche il faut que vos esprits
Soient par mes saincts propos diuinement nourris.
Receuez de ma bouche vn discours memorable
Qui vous est preparé comme vne auguste Table :
Où ie vous sers de mets dont les sainctes douceurs
Auront ceste vertu de repaistre vos cœurs ;
Ce n'est pas à vous seuls que ie dis ces paroles,
Et que leurs mouuemens suspendus à ma voix
Se rendent attentifs à de nouuelles Loix :
En vous trois que l'enclos d'vne maison enserre,
La force de ma voix instruict toute la terre ;
Et i'attache au discours que ie vous vais tenir
L'eternelle leçon des siecles à venir.
Mais ô cercle innocent que mon amour ensemble
Par vn art de commerce est doucement vestu
En forme d'vn procez asprement débattu :
Puisque vous auez tous plaidé en ceste affaire
Il faut pour soûtenir cét air iudiciaire :
Que faisant à mon tour ce que vous auez fait
Ie donne à mon oracle vne forme d'Arrest.
Ie vous veux donc iuger, non en iuge farouche
Qui fait sortir vn glaiue afilé de sa bouche,
Et qui trenchant le nœud d'vn affaire important
Laisse toussiours quelqu'vn des plaideurs mécon-
    tant,

Qui porte en son discours la douceur & la foudre,
Tantost pour condamner, & tantost pour absoudre:
Dont la dextre s'émeut d'vn mouuement égal
Pour semer en s'ouurant, & le bien & le mal?
Qui ne peut s'empescher de plaire & de déplaire
Qui se trouue tousiours fauorable & contraire:
Et qui dans des partis contre-poinctez entre-eux
Ne sçauroit prononcer en faueur de tous d'eux.
Ma iustice pratique vn stile plus auguste
Estant plus pitoyable, elle n'est pas moins iuste:
Elle a des iugemens de lumiere & de paix
Où l'on gaigne tousiours sans y perdre iamais.
Quoy qu'à vos interests l'vn à l'autre s'oppose
Ie veux qu'en ce debat tous trois gaignent leur
    cause:
Afin qu'estans par moy benis également
Vous puissiez à iamais benir mon iugement.
Pour vous mon cher Lazare appaisez ceste crainte
Dont vous me faites voir que vostre ame est atteinte
Pour auoir dites-vous sans respect entrepris
D'assigner à vos sœurs & la peine & le prix:
Dissipez ceste peur où vostre esprit se trouue:
Tout vostre procedé n'a rien que ie n'approuue,
Bien loing d'estre offensé, mes esprits sont rauis
De ce naif esclat qui luit en vos aduis?
Pouuiez-vous faire mal parlant dans vne affaire
Où sans faire du mal, vous ne pouuiez vous taire?
Manquiez-vous de respect en parlant seulement.

Pour porter du respect à mon commandement.
Ie vous auois prescript d'auancer vos pensées
Vous m'auez obey les ayant aduancées?
Voyez-donc si ie puis vous sçauoir mauuais gré
D'auoir fait seulement ce que i'ay desiré.
Que si vos sentimens dedans ceste matiere
Pour toucher le vray but, ont manqué de lumiere,
Ce n'est pas qu'ils ne soient aussi purs de peché
Que si par eux le but auoit esté touché.
En ce que vous craignez, vous n'auez rié à craindre
Vostre erreur est vn mal moins à punir qu'à plaindre:
Vous vous estes vous mesme à mes pieds degradé
Tombant dans vn effroy dont le poids vous accable
De l'office de iuge en l'estat de coupable ;
Mais puis qu'en ceste peur d'auoir fait quelque mal,
Vous vous estes caché dessous mon Tribunal?
Mon tribunal pour vous est vn lieu de refuge
Ie vous fais de coupable encore deuenir iuge,
En ne vous prescriuant que ceste seule Loy
D'estre en ce iugement de mesme aduis que moy,
Me le permettez-vous ?

Lazare.

Ha mon amoureux Maistre
Puis-ie faire autrement que de vous le permettre?

Iesus.

Marthe ie vien à vous, & ie veux aduoüer
Que vostre charité m'oblige à la loüer:

Il faut que ie vous paye, ô mon aymable hostesse?
Ie vous veux rendre icy caresse pour caresse
Vous m'auez fait du bien & ie suis obligé
De vous en faire aussi pour estre dégagé.
Dés que vous auez sçeu ma soudaine arriuée
Auec quelle vigueur vous estes vous leuée?
Quel zele auez vous eu de vous mettre en deubir
D'estre en ceste maison la premiere à me voir?
Quel transports de plaisir vous a causé ma veuë,
Mais de quelle pitié vous estes vous émeuë?
Et de quel air d'amour m'auez vous demandé
Si le mauuais chemin m'auoit incommodé?
Fut-il iamais pour moy de soing pareil au vostre?
Ie vous voyois courir d'vn lieu iusques à l'autre,
Et pouruoir au besoing d'vn hoste si soudain
Du cœur, des yeux, des pieds, de la voix, de la
    main:
Comme quand ie fais voir ma gloire sur les ondes
I'imprime dans leur sein des tempestes profondes
Qui renuersent la mer depuis le fondement
Dressent des pointes d'eau iusques au Firmament.
Ie voy cet element auecque complaisance
Qui s'enfuit & se suit, se retire, & s'aduance,
Et vient à flot sur flot l'vn sur l'autre voûté
Baiser au bord la main dont il est agité.
Marthe de mes deux yeux i'ay veu vostre courage
Agité par l'effort d'vn amoureux orage
Dont le trouble sacré ne peut m'auoir depleu

C

Puis que tout mon plaisir est de l'auoir esmeu.
I'approuue hautement vostre peine empressee
Comme vn heureux desordre où ie vous ay poussée:
Ie veux que l'embarras qui a senty vostre cœur
Ne m'ait pas pour son iuge, & m'ait pour son
    Autheur;
Où s'il me faut iuger vne cause si bonne
Ie veux que mon Arrest ne soit qu'vne Couronne.
En effect si le Ciel par ma bouche est promis
Au seul verre d'eau fresche offert à mes amis:
Si le Ciel est à ceux qui seruent ceux que i'ayme,
Marthe est-il pas à vous qui me seruez moy-mesme?
Qui doit auoir plustost au Ciel son nom escrit
Ou l'hoste du Chrestien, ou l'hostesse de Christ?
Au dernier iour du monde où ma voix de Tonnerre
Iugera pour iamais, & le Ciel & la terre:
Détourné des méchans à ma gauche accablez
Et tourné vers les bons, à ma dextre assemblez;
Ie leur diray, venez les benits de mon Pere
Possedez mon Royaume en titre de salaire:
Pour preuue à vostre amour qu'il ne m'a pas en vain
Abreuué dans ma soif, & repeu dans ma faim.
Trenchons le petit nœud du procez où nous sommes
Par le fer decisif du grand procez des hommes,
Et disons en partant ce memorable Arrest
Du iugement public au iugement secret:
Que Marthe ayant seruy de soulas à ma peine,
De pâture à ma faim, à ma soif de fontaine:

D'ombre à ma lassitude, & de bien à mes maux,
Que le Ciel est le prix de ses iustes trauaux?
Chère Marthe du Fils, & du Pere benie
Possedez à iamais leur saincte compagnie,
Et receuez pour prix de vostre charité
Le Royaume des Cieux qu'ils vous ont apprestè:
Si l'Arrest est mal fait, nous le ferons encore:
L'approuuez-vous, Lazare?

Lazare.

Ha Seigneur ie l'adore!

Et pour Marthe est?

Iesus.

Il est tel qu'elle a desiré.

Marthe.

Monseigneur, il est tel qu'il doit estre adoré!

Iesus.

Quant à vous, Magdelaine, il faut que ie confesse
Que vous vous confessez à bon droit pecheresse:
Il est vray que vos maux sont sans nombre & sans fin
Si vostre Createur n'est vostre Medecin.
Vous vous estiez liurée à la mercy des vices,
Vous auez moins aymé mes Loix que vos delices:
Le naufrage des cœurs a rendu vostre orgueil
Dans l'ocean du siecle, vn memorable escueil.
Les douceurs de vos yeux ont esté si cruelles
Qu'elles ont fait mourir les ames immortelles:
Vn million de cœurs n'ont peché que par vous,

Et vous auez esté le grand peché de tous.
Enfin n'estes-vous pas ceste maudite femme
Dont le nom est fameux, parce qu'il est infame?
Vous estes ceste femme?

Marie se mettant à genoux.

Helas il est ainsi

Iesus.

Leuez-vous Magdelaine?

Marie.

Estes-vous pas aussi
Celle qui vint gemir d'vn accent lamentable
Chez vn Pharisien qui m'auoit à sa Table,
Qui vint dans ses soupirs exhaler ces douleurs,
Et verser à mes pieds son ame dans ces pleurs:
Qui les cheueux épars & la face abbaissée
Cria si bien mercy, qu'elle fut exaucée?
Vous estes ceste femme a qui i'ay declaré
Que son mal n'estoit plus, lors qu'il estoit pleuré?
C'est vous dont i'ay la gloire a mes loix asseruie,
Dont i'anime le cœur de ma diuine vie;
Dont i'ignore le crime en vos pleurs abismé
Pour sçauoir seulement que vous m'auez aymé?
C'est vous qui par ma grace entierement changée
Vous estes sans pitié de vous mesme vangée;
Dont l'esprit deuenu l'heureux fleau des sens,
Pour les auoir punis les a faits innocens:
C'est vous dont les rigueurs ont conuert les delices.

C'est vous dont les vertus ont consacré les vices,
C'est vous de qui la nuict est convertie en iour,
C'est vous en qui l'amour a reparé l'amour.
Vous que ie n'aimois pas, c'est vous aussi que i'ayme
Magdelaine c'est vous qui n'estes plus vous-mesme.
Ie veux parler de vous auec moins d'ennuy,
Non de vous de iadis, mais de vous d'aujourd'huy,
Ie ne vous cognois plus par le nom d'infidelle,
Ie ne regarde en vous que ceste ame nouuelle,
Que cét esprit guery, que ce cœur reformé
Dont ie suis amoureux, & dont ie suis aymé.

Marie.

Il est vray, mon cher Maistre
J'ayme, mais ay-ie sçeu vous le faire cognoistre ?

Iesus.

Vostre amour enuers moy ne peut estre intogneu
Puisque de moy vers vous cét amour est venu :
Ie cognois vostre amour dans le fonds de vostre-ame,
Ie voy dans vostre cœur vostre innocente flamme ;
I'apperçoy de ce feu les plus secrets efforts
Sans que nulle bluette estincelle au dehors :
Mais quand à mes regards vostre ame seroit clause
Que ie ne verrois pas vostre amour en sa cause,
Ie le verrois pourtant en ses nobles effets
Dont en ce sacré iour i'ay veu les plus parfaits.
Que ma balance est bien a la vostre opposée
Qu'une chose est par nous differament pesée !

C iij

Non le tout n'est pas plus esleué sur le rien
Que vostre sentiment abbaissé sous le mien.
L'estat de Magdelaine à mes pieds abaissée
Qui passe pour effect d'vn amour hebetée,
Qu'on nomme negligence, oisiueté, froideur
Dont Magdelaine mesme, & son frere & sa sœur
Sont tous trois vn obiect de mépris & de blame,
C'est le plus haut estat où puisse atteindre vne ame,
C'est vn trepas des sens qui rend l'esprit plus vif,
C'est vn froid embrazé, c'est vn repos actif.
L'ame de Magdelaine en cet estat sublime
Pour estre en ce qu'elle ayme, est hors ce qu'elle
　anime,
Elle meurt en soy-mesme afin de viure en moy,
Pour estre en moy tout seul, elle n'est plus en soy,
Elle est toute changée en l'object de sa flamme,
Et mon diuin amour est l'ame de son ame.
Le trait qu'on peut sentir quãd il nous vient piquer
Le vulgaire transport qui se laisse expliquer,
L'amour si peu chargé qu'il peut charger la chair
C'est trop peu, c'est trop peu pour vne Magdelaine,
Il faut à cette amante vn amant si parfait
Qu'il soit comme stupide, insensible, muet.
Mon trait porte à son cœur vne atteinte si
Qu'il n'a point de douleur pour l'amour excessif,
L'excez de son transport fait defaillir sa voix,
Les charmes de l'amour l'oppriment sous leur poids
Son amour est enfin de cet ordre supreme

Qui pour aymer trop bien, ne peut monstrer qu'il
   ayme :
L'amour quand il est plein, il est vuide des soings
Il s'attache le plus quand il s'émeut le moins,
Ce feu que dans les cœurs vn bel objet allume
Afin qu'il luise & brûle, il ne faut pas qu'il fume,
Ou comme ce feu pur dans son propre element
Dans vn parfait repos libre de mouuement,
Conserue mieux là haut ses flammes recueillies
Que le feu qui cy-bas se dissipe en saillies.
Ainsi l'amour tranquille & presque languissant
Est mieux dans l'action que l'amour agissant.
L'amour ce cher Autheur des belles harmonies
Qui void dans ces concerts toutes choses vnies,
Est par son charactere vn precieux ciment
Qui tient sans entre-deux l'aymé ioint à l'amant,
Luy qui fait sans cesser vne fleur saffranée
Tourne vers le Soleil sa teste couronnée,
Qui des plus durs sujets desire triompher,
Sçait faire que l'Aymant soit aymé par le fer,
Par qui malgré son poids vers l'Aymant le fer vole
Auec autant d'ardeur que l'Aymant vers le pole,
Qui fait que deux palmiers diuisez par les eaux
Comme pour se baiser incline leurs rameaux ;
Qui fait que chaque chose en son principe r'entre
Et n'ait point de repos qu'attachée à son centre,
C'est l'amour dont la main serre tous ces beaux
   nœuds

Et des sujects si peu dignes d'estre amoureux,
Qui rend de ces ardeurs les glaces susceptibles;
Et qui se fait sentir aux choses insensibles;
Luy qui veut dominer mesme hors de ses estats
Pourra-il supporter qu'il ne domine pas ?
Au milieu de son propre, & de son vray domaine
Ie veux dire au milieu du cœur de Magdelaine
Certes c'est dans ce cœur que l'amour a fait voir
Les plus rares effects de son diuin pouuoir ?
C'est dans ce chaste cœur qui laisse vne peinture
Des miracles diuers qu'il forme en la nature,
En l'esprit de Marie il peint les doux efforts
Qu'il fait dedans le monde en la masse des corps
Il la tourne vers moy par le soin de me plaire
Afin qu'estant Soleil, i'aye vne fleur solaire:
Il s'vnit auec moy par vn rapport charmant,
Et Marie estant fer, il me fait son Aymant.
Si mesme elle est Aymant depuis qu'elle est sans
    tache,
Ie suis l'vnique pole où cét Aymant s'attache:
Nos cœurs sont par l'amour étroittement liez
Ainsi que deux Palmiers l'vn vers l'autre pliez
Elle reuient à moy comme effect à sa cause,
Et ie suis seul le centre où son amour repose.
Marthe, Marthe pour vous, vous ne reposez pas
Vous estes engagée en vn grand embarras:
Et vous vous proposez tant de choses à faire
Que vous ne pensez pas à la plus necessaire.

Vou

Vous prenez mille emplois, dans cét erreur com-
    man
De ne regarder pas qu'il n'en faut prendre qu'vn,
Ce n'est pas pour blâmer le soing qui vous agite:
Mais c'est pour vous marquer le rang de son merite;
Afin de vous instruire en l'ordre que ie tien
Pour prendre exactement la mesure du bien.
Quand le bien est parfaict, il est doux en sa force,
On le trouue plustost dans le fonds qu'en l'escorce;
Il a plus de vigueur estant moins étendu:
En vn mot il est moins étendu que tendu,
Mon seruice n'est pas vne mer d'eau troublée:
Ce n'est pas vn cahos d'actions redoublées?
Ce n'est pas vn dedale intrigué de desseins,
Chez-moy les plus actifs ne sont pas les plus saincts.
Il n'examine pas les œuures par leur masse
Ie n'en estime rien que l'esprit & la grace,
Et la viuacité des rayons de mes yeux
Void que faire le plus n'est pas faire le mieux.
Ma Loy n'a point de corps, c'est vne Loy subtile,
Au cœur non en la chair i'escris mon Euangile;
Les feux de mon amonr veulent estre au dedans
Estans les plus secrets ils sont les plus ardans:
Mon ioug est agreable, & ma charge legere
Il faut pour m'obeyr non beaucoup mais bien faire.
Tout ce que i'ay prescript, c'est d'aymer seulement
Pour n'estre pas rebelle il ne faut qu'estre amant.
I'ay dans la loy d'amour toutes mes loix encloses

D

Aymer denant mes yeux c'est faire toutes choses.
Concluons que l'amour a beaucoup moins d'appas
Lors qu'il est agité, que lors qu'il ne l'est pas;
Le different amour des deux diuerses vies
Void ces diuerses loix par ces deux sœurs suiuies.
Marthe a suiuy les loix de l'amour agissant,
Et Marie a suiuy celles du jouyssant;
L'vne veut s'éleuer, & l'autre est éleuée;
L'vne marche toussours, & l'autre est arriuée:
L'vne est dans le silence, & l'autre est dans le bruit,
L'vne iouyt du bien, & l'autre le poursuit:
L'vne est dans le combat, & l'autre a la Victoire;
L'vne est dedans la grace, & l'autre dans la gloire.
L'vne a choisi le nombre, & l'autre l'vnité;
L'vne choisi le temps, l'autre l'Eternité.
Et puis qu'il faut iuger entre ces deux plaideuses,
Quelle des deux se met sous des loix plus heureuses,
Quelle est au droit chemin, & quelle est à l'écart,
Et quel choix est tombé sur la meilleure part:
Des deux dont l'vne passe, & dont l'autre demeure
Ie conclud que Marie a choisi la meilleure.
Donc Marie aujourd'huy, ma souueraine voix
D'vn memorable eloge honnore vostre choix,
Par tout où mon Eglise vn iour sera semée
Ie veux de ce grand choix semer la renommée:
Par tout où fleurira l'honneur du nom Chrestien,
Marie aussi verra fleurir l'honneur du sien:
Qu'à iamais vostre sœur marquant la vie actiue,

Vous soyez le pourtraict de la contemplatiue :
Qu'à iamais vostre choix soit encor le pourtraict
De celuy qu'autresfois ma sainte mere a fait :
Lors qu'elle dist d'vn cœur innocement superbe
Qu'il me soit fait ainsi qu'il sera fait au Verbe,
Que partageant du l'erbe & la ioye & l'ennuy
Ie meure, resuscite, aille au Ciel comme luy ;
Mon Eglise honorant au cours de chaque année,
Le tour où le Ciel veid ma Mere couronnée :
Chantera que Marie en vertu de son choix
Liant son sort au mien par de communes Loix,
Pour tenir sa fortune à la mienne aiustée
Est au plus haut des Cieux à la mienne montée :
Et que m'ayant choisi, son choix a merité
Que ce qu'elle a choisi ne luy soit pas osté.
Ie veux que ce discours soit pour vous & pour elle,
O femme fortunée, encor que criminelle !
Regardez vostre nom par mes mains attaché
A celuy d'vne Vierge exempte de peché :
Le partage à iamais d'vne douce industrie
Entre ma mere & vous le beau nom de Marie.
Ma mere ma choisi pour estre tousiours sien,
Aussi luy suis-ie vny d'vn eternel lien.
Et vous aussi Marie heureux pourtraict de l'autre,
Vous qui pour l'imiter m'auez choisi pour vostre,
Donnez à vostre cœur le plaisir infiny
D'esperer que sans fin ie vous dois estre vny.
Lazare ay-ie pas bien terminé cette affaire ?

Qui m'en peut faire plainte?

Lazare.

He qui vous en peut faire,
Non pas moy, mon Seigneur?

Iesus.

Ny vous autres?

Marthe & Marie.

Ny nous.

Lazare.

Nous nous benissons tous.

Iesus.

Et ie vous benis tous.

FIN.